KB156899

운동부족

운동부족

김경훈 시집

한그루

自序

나의 시들을
고통받는 사람들과
고통을 근절시키기 위해 애쓰는 사람들
그리고
내 아내와 예쁜 딸 소영에게 바친다.

1993년 5월
김경훈

또다시 自序

27년이 지났다.
여전히 고통받는 사람들이 있고
고통을 근절시키기 위해 애쓰는 사람들이 남아있다.
그러나, 많은 이들이 이런저런 이유로 운동을 떠나
갔다.
혹은 다른 길로 혹은 전향하기도 하고
혹은 먼저 세상을 뜨기도 하였다.
한번 간 사람은 다시는 돌아오지 않았다.
진짜로 남는다는 것은
자신을 온전히 버리는 것이 아닐까.
마지막까지 남는다는 것은
아무것도 남기지 않는다는 것이 아닐까.

지극히 부족한 운동으로도 나는,
후배들의 각별한 수고에
어쭙잖게 기록을 또 하나 남긴다.

2020년 8월
創古齋에서

김 경훈

차례

1부

2부

3부

4부

5부

1부

바다에서

저 힘차게 파닥이는 생명을 보아라
덧붙이거나 빼거나 늘 그대로 있으면서
조용히 혁명을 예감하는
깊고 넓은 저 아름다운 사랑을 보아라
온갖 목숨 꾸밈없이 키우며
버려진 대로 갈라지지 않고
건강하게 한 혈맥으로 흐르는
저 밑바닥 백성들의 마음을 보아라
마른 이에게 가슴 열어 나누고
믿는 바 노여워 살을 일으키고도 곧
평정을 되찾아 비밀 하나 없이
어두울수록 빛나는 양심
저 우주적 진리를 보아라
멀리 혹은 가까이서 가
닿지 못하여 앓는 사람아

새해를 맞으며

어둠이 빛을 이기는 시대에는
마지막 타다 남은
한 점 불꽃이라도 키워야 한다 다만
이기기 위해서만이 아니라
사랑하기 위하여
더 큰 사랑으로 보복하기 위하여

新 사랑가

고스란히 모두 두고
대문 화안히 열어

이제 우리
떠나요

다시 와 살 사람들은
다시는 떠나지 않고

맑은 날

우리 거기
부끄럼 없이 만나요

억새

아니야
그건 유행가가 아니야
유행처럼 앓다 버리는 옅은 병이 아니야
바다 밑 땅속으로 철조망 아래로 서로를
껴안고 있는
가을날의 억새들은
타는 가슴 태우며 피 흘리며
피 흘리며 스러져 가는 것이,
아니야
뿌리 묻은 땅을 할퀴면서
살붙이로 이어진 때묻지 않은 신뢰로
서로를 어우르는 거센
바람 앞의 거센 몸짓은
아, 이 시대의 사랑은 결코
흔들리고 있는 것이 아니야
아니야

詩

무엇이 무서워 숨어 살거나
지쳐 쓰러져 머뭇거릴 때
마른 호박잎에 단비로 목을 축이듯
나의 이야기가
유행가 가사만도 울리지 못한다는 느낌에
종일 마른 헛바닥만 씹으며
고개 숙여 혼자 술도 더러 마시지만
희생을 피하면선 아무것도 이룰 수 없는
간단한 명제 앞에서
식구의 경제가 되지 않는 나의 시는 치열한
무기일 수 있는가 썩은
가슴 도려내고 새 피를 적시는
이 시대의 사랑일 수 있는가
바닷속 숭어처럼
영어圖圖의 그리움으로 파닥이며
외치다가 쉰 목소리로 컥컥
살아 숨쉬는 비장의 언어로
일상의 감동으로
황홀한 미래를 예견하는
한 발 앞선 진실일 수 있는가
아름다운 눈물 그대의 기도일 수도 없는
나의 詩는

너에게

너는 항상 내 곁에 있다
너는 항상 내 밖에 있다
내 안에는 있으면서 밖에 있는 너는 다르다
오늘은 깊은 밤 홀로 깨어 너를 생각한다
항상 내 안에서만 생각한다 한 번도
너를 피눈물 흘리거나 토하거나 각혈하거나 배설하지도
못하고 가슴앓이 턱을 괴고 앉아 아니다
아니다 머리를 흔든다
너를 본 기억이 있는가 보아도 아주 먼 옛날의 추억처럼
희미한 옛사랑의 그림자를 부여잡고 다시
기억한다 너는 가까이 내가 딛는 땅 위에 생명으로 있는가
오늘 낮까지만 해도 너를 찾으려고 진종일 목말라 굶주려
눈 벌겋게 헤매어도 갓 떠난 듯 너는
어디에도 없고 체온만 간신히 식지 않고
식지 않은 체온만으론 너에게 너무 멀다 애초에
너를 잊으려 한 게 잘못이었다 너는
언제나 내 안에 갇혀 있고

언제나 내 주위를 돌며 평행할 것인가 아니다
아니다 내가 열심히 무엇에 미쳐 일할 때
너는 내 안에 없고 그때 너는 내 밖에 있다 열심으로
미치게 땀 흘릴 때 깜빡 잊는 네가 오히려
그 일 속에 있다 그 일에 흘리는 눈물 속에 있다
지쳐 쓰러져 너의 기억이 다시 희미할 때
정갈한 주사와 신선한 수혈 속에 너는
있다 위대한 출혈 속에 드디어 너는 있다
있다 있다 있다 오
詩여 사랑이여
오
새날이여

사랑의 이름으로

사람들은
황혼의 어느 모서리에
저만큼씩의 꿈을 묻으며
하루를 닫는다 우리가
그 어딘가의 굽이에서
싱싱하게 물오르는 여름날의 풀잎처럼
사랑의 이름으로 만났듯이
우리는 사랑의 이름으로 하여
끝없는 한 길 그대여
겨울 다해 드디어 봄이 열리고
촛불 하나 흔들리며 새벽을 맞듯
우리는 저녁노을의 어느 구석에
어떤 희망을 가꿀 것인가

바람 한 겹 벗겨내어 심어놓은
우리의 이야기가
내를 이뤄 강물로 흐르듯 그대여
가난은 언제나 우리의 시작이다
꿈으로 희망으로 때묻지 않은 믿음으로
남부럽지 않게 사랑을 일궈
부끄럼 없이 바다에 닿는다면

흐르고 흘러 마침내
한 하늘이 우리의 이름으로 열린다면
아 아 그대여
거기서 노을빛 꿈으로 추억한다면

그대여
사랑의 이름으로 우리는
숙명의 반려

아내의 눈물

몸 풀기 위해
경기도 안산인 친정엘 가는
공항에서 당신은 눈물이 그렁그렁
두 달간의 이별은
당신을 보내고 돌아오는 차창가에서
나도 울리고 말았지요
詩다 문학이다 마당극이다 잡지기자다 운동이다
하면서 맨 돈 안 되는 일로만 나다니는
나를 당신은 무던히도 인내하며
살았지요 가난한 경제를 쪼개며
짜장면 외식으로도 즐겁던
신혼 초에도 우리는 평생 서로에게 눈물을
보이지 말자고 가난해도
당차게 살자던 이불 속의 맹세도
당신을 보내고 돌아오는 나에게
나를 홀애비로 남겨놓고 가는 당신에게는
그동안 있을 때 잘해주지 못했다는
회한으로 눈물만 만들게 합니다
당신의 손길을 거쳤을 모든 것들을 혼자
만지며 썰렁한 이불 속에서
당신의 잔소리들을 그리워합니다
당신의 눈물을 생각합니다

그대가 온다

밝은 설렘의 아침 햇살로
수줍게 상기된 두 볼에
피어오르는
희망이여

그대가 온다

아, 민주정부

조바심 치지 마라
올 것은 분명히 온다
지쳐 자리를 뜨려는 너희,
다만
살과 피가 모자랄 뿐
아픔 속에서도
나무는 크고 있다

K 선생님께

1.
수돗물이 썩고 강이 바다가 썩고
그 속에서 물고기들이 썩어가듯이
사람이 썩고 나라가 교육이 썩고
그 속에서 아이들이 죽어갑니다.

2.
길고 무더운 여름 속
8월 11일 흔들거리던 당신의 모가지
모가지가 덜컥 서슬 퍼런 단두대에
덜컥 잘려나가고 피 흘리며
덜컥

3.
당신은
두 손으로 모가지를 고이 안고 안으로 곰삭히는
분노로
쓸쓸히 웃고 있었습니다.

4.
그때 한 하늘이

열리며 밝은 목소리로 울려옵니다.
"선생님, 힘내세요!"

5.
가시밭길 철조망 쇠붙이가 썩고
땅속으로
억새 질경이 민들레 칡뿌리가 이어져
제 목소리로 올곧게 꽃피어 당신의
대지를 향해 걸어갑니다.

6.
사람이 살고 강이 바다가 살고
물고기가 살고 나라가 살고
죽어간 아이들이 제 배움터로 다시
돌아옵니다 제 목소리로 꽃피어
다시 붉은 모가지
당신과 함께 싱그럽게 걸어갑니다.

우리 동네 홍씨

겔세 그게 뭐 어쨌다는 거요
지난 복날에 나 또 개 잡아 먹었소
질긴 나이롱 줄로 목 졸라 죽이고
배를 갈라 간을 꺼내 소주에 먹었소
몸 안에 아직 숨 쉬는 놈의 목숨을 해쳐
생피를 사발로 박박 떠 마셨소 살 찢어
개장국 끓이고 펄펄
땀 내며 보리밥 말아 먹었소
아주 토종 똥개로
굴러온 내 팔자를 살라 먹었소
살아있다면 여든둘일 어므니 드릴라고
이태 개 키우며 혼자
수십 번도 더 울며 잡아 먹었소
겔세 그래서 어떻단 말요
피난에 혼자 내려와 난리 끝나믄 모실라고 했는디,
일에 받힌 나 폐병쟁이요
살아볼라고 땅 얻어 부쳤지만 다 옛날 얘기
밤 골라 도망쳐부렀소 가진 것 없이
아는 이 없는 어쩌다
이 섬바닥에 들어와 못 할 일 다 해가며
저것 순 육지쌍것 소릴 들으면서도

아 아 어므니
돌아가셔나부렀는지 허나 아직
제산 안 드릴라오
이거 개다리라도 아들로 알고 뜯으시오
젤세 나 개백정노무 새끼요 어므니
어므니----

발에 대하여

발은 하루의 체중을 혼자 다 견디면서도 끝내
한마디 불평을 하지 않는다
진흙탕 속 어느
초상난 판자집을 찾아가거나
애도 못 낳는 병신 각시 얻었노라 술에 쓰러진
외다리 삼촌을 업고서도
주저하지 않고 제 할 일을 한다
차려입지 않은 작업복으로 멋을 부릴 줄 알고
속살을 내보여도 부끄러워하지 않는다
지쳐 병들어 누웠을 때도
끝내 건강하게 문을 차고 나서고
언제나 갇혀 지내면서도
언제나 떨쳐 일어서며
하루의 노동을 역한 냄새로 남기면서도
눈치 보지 않고 사랑할 줄 안다

다시 바다에서

어떠한
이유에서라도 잠시도
운동을 쉬지 않는다
잊지 않는다 부단히 공격하고
물러설 때 물러서더라도
철저한 확신과 여유로
속 좁은 싸움을 하지 않는다

미처
아물지 못한 상처를 안고서도
한시도 아파하거나
멈추지 않는다

온갖 생명 다 제자리에서
제 할 일 정확히 찾게 하고
넘치는 보람
변한 것은 없다

2부

지렁이

천근 같은 무게로 잠들게 하여

다른 세상을 산다 살지라도

꿈틀거린다 밟히면 밟힐수록

뜨거운 피 차라리 삼키며

겨울모기

- 아무도
  눈여겨 생각 않는
  실낱만 한 음지陰地를
  아편처럼 절망이 스며들고 있다

맨살로 다가와 부서지는
찬 바람 한 자락에도
휴지처럼 구겨져 비틀거리며
비틀거리며 끝내
얼어죽지 않을 만큼 숨죽여
비상飛翔을 꿈꾼다
칼 갈아 빛나게 날개 키우며

게의 변명

옆걸음에 익숙할 무렵
깊은 돌구멍 속에 숨어
숨어, 하고픈 말 못 하고 켁켁
가늘게 먹고 가늘게 똥 싸며 툭
불거진 눈망둥이로 이리저리
위협과 유혹을 피해
달콤한 성욕性慾 같은 낮은 목소리로
애 서넛 낳고 오순도순
행복하니
더 이상 귀찮게 따지지 마라
나도 먹고살기 위해
바쁜 몸이야

거미

그는 가난했다
그는 일 쉬는 날이 없었다
그는 표정 없이 늙었다
그는 자신을 얽으며 살았다
그는 희망을 말하지 않았다
그는 행복하지도 않았다
그의 시대는 후미진 구석이었다

어머니
얼마나 말 못 할 사연이면
가슴앓이하듯 끙끙
피똥을 싸랴

똥개가 포인터에게

날 나무라며 좋아라고
너는 묶여
짖는 法을 배우는 사이 난
굶어, 굶어 죽지 않는 法을
배웠어 너는 묶여,
보란 듯이
배불리 따숩게 잘 때 난
똥을 주워 먹으며
찬 새벽을 지키며 굶어,
굶어 죽지 않는 法을 배웠어
자유를 알았어
네가 묶여
짖는 法에 익숙은 사이

기실린 도새기가 도라맨 도새기에게

울지 말게 형제여
이젠 우리 하나가 되었어
목을 옥죄는 고통으로
잔털부터 살갗 서너 겹
타들어 오고 사지가 절단나는
꼭 그만한 아픔으로도
울지 말게 혀를 깨물며
눈물 한 방울도 보이지 말게
호랭인 죽어서 가죽을 남긴다지만
형제여 우린 죽어서
피와 살을 나누어 준다네
울지 말게 형제여
이제 우린 하나가 되었어

이虱

보기 싫은 놈들
손톱 사이에서 놀리다 똑똑
피나게 눌러 죽여
죽여도 독기를 품고
기생처럼 달라붙어
병든 닭처럼 휘청거리는
歷史의 가랑이
독소를 빨아먹고
죽일수록 뻗어가 가려워도
가려워도 긁지 못하는
삼천리 금수강산에 바글바글
바글바글

도마뱀

늪에서 보는 하늘은 눈을 감아도 빨갛다
3등품 밀가루 반죽 같은 세상
뱀 배때기를 밟는 듯
가시밭길에
찢긴 때묻은 가난한 몸뚱아리에
날카로운 혓날바닥으로
손톱 끝으로
피나게 긁어 詩를 새기는
꾀죄죄한 아이들 손장난에 꼬리 잘린
불구 아 아름다운 나의 모습이여

개미

매미가 아랑곳없이 뚫고 지나는 거미줄에
하루살이가 걸려있는 것을 본 그날 오후에 나는
개미떼들이 그들의 집을 침입한 지렁이를 끝내
이겨내는 것을 한참 동안 바라보고 있었다

개똥벌레

거대한 침묵의 도시를 한 가닥
여린 등불로
오랫동안 분비한 제 힘으로 날아와
새벽별이 스러질 때까지
온몸으로 불씨를 터뜨리고
눈 비비며 사람들이 희미한
아침으로 나설 때
다시 어둠으로
더 깊은 어둠 속으로
제자리를 찾아
엉덩이가 터지도록 바쁘게
몸을 사뤄,
길고 험한 외길
의로운 무리로 태양보다 큰 불덩이
마침내 대낮보다
밝은
밤

별주부 傳

승부는 뻔한 것이었어요 토끼와 거북이가 달리기 시합을 했어요 반환점을 돌아설 때까지만 해도 거북이는 그제야 겨우 출발을 시작했으니까요 눈 비비고 보아야 겨우 꾸물거리는 것이 보였어요 따분하고 심심해져 거북이를 뒤집어놓고 잠시 눈을 붙였어요 한나절의 따가운 햇살이 한창 거북일 때리며 나부끼고 있었어요 바둥거리며 일어서려고 일어서야 한다고 사막을 꿈틀거리며 그래도 이길 수 있다고 믿었어요 동화책에서 분명 그렇게 배웠지요
기지개를 켜며 일어난 토끼는 달리기 시작했어요
시합은 끝나고 거북인 지치게 기어가고 있어요 부지런하면 따라잡을 수 있다고 언젠가 저도 나도 똑같이 다리 넷 씩인데 두고 보라지 이긴다고 이를 갈면서 아직도 사막을 기어가고 있어요

일본 뇌염에 걸리지 않는 방법

알다시피 이 모기란 놈은 방문 닫고 쑥불 피우고
약 뿌리고 모기장 쳐 이 잡듯 잡아 죽여도
어디선가 쏟아져 들어와 물어뜯고 빨아먹어
배에 가득하면 또 사라지는 그놈의 앵앵 소리 귀찮아
귀 틀어막고 먹어봐야 얼마나 먹겠냐고
편안해 버릴 수도 없고
위생적으로 잘 사는 사람들 같이 이놈을 모셔놓고
떵떵거리는 호강은 더욱 할 수 없고 추저분하고 뭔가
흠 있는 곳에 거들거리며 나다니는 이놈들은 다꾸앙
기모노 게다 쏘니 미쯔비시 마쓰시다 다나까
미끼 나까소네 부루라이또 요코하마
가라오케 쌕스비디오 헤이 본 펀치에서
도꾸가와 이예야쓰
닛뽄도까지 걷잡을 수 없이 출렁거리는
현란한 원색의 물결 따뜻하고 편하여 조금도
걸리적거리는 게 없는 웅덩이 속
모기의 터전 이 구석에선
도대체 어떤 예방접종을 했길래 골치 아프고
아랫배 쑤셔 들뜨고 오싹오싹 추위를 타는
온통 거리마다에

46

몸져 누워 죽어가는 환자들뿐이냐
도대체가 이 나라는
누구의 나라이냐

소牛 혹은 소까이疏開

아이고 설운 나 팔자야
조상님전 물려받은 고향 땅을
영도 어이 어시 쫓겨날 수 이시카
소까이 당해 해변으로 내리믄
돈푼 엇곡 세간살이 하나 어시
어디강 좁정 삶광
누게가 곱덴 어가라 받아줄 거라
워워 이놈의 쇠 어디 있당 왐시냐
너도 집 불지더부난 갈 디 어선 쫓겨와샤
시국 잘못 만나난 사람이고 짐승이고
못견딜로구나 너도 확 피해불라
군인덜신디 걸리믄 총맞인다
너영 벗허영 가는 나도 좋주만
너 데령 해변에 가봤자
먹을 촐이 어디 심광
이 난리통에 는 쏠 닷말 값밖에
안 된덴 해라 세상에 어디 너를
쏠 닷말에 바꿀 말이고 너도 그간
살아온 정분에 헤어지기 섭섭헌 모양이주만
경허민 안된다 너 갈길 촞앙 가라
어이고 세상에 짐승도 영 사람을 따르는디

48

이놈의 세상은 어떻허연
사람이 짐승만도 못허염신고

군집 群集

너희.
누가 설움이라 하더냐 저
거대한 침묵의 저 거대한 쓰레기더미
속 거기서 비집고 돋아나는
누천년 눈물과
한숨의 응결

점령지의 지각에 붙은
오염된 이산離散의 역사役事

소리 없이 마르는 저 아우성
저 뙤약볕 아래
길게 드러누운 빈손들끼리, 너희
누가 운명이라 하더냐

뿌리 흙 나눠 마시며
하나로 엉겨붙은 소리소리
거대한 합창 둥둥
둥

다툼 없이 나눠 갖고 끝내

그리될 역사歷史

너희,

최후의 동물성 공생共生

3부

분부사룀[*]

설운 나 자손들아 잘 들으라
설운 나 아들 얼굴 모르는
나 자손들아 잘 들으라
토란잎에 이슬 같은 우리 인생
사람이 살면 몇백 년이나 살랴마는
하루를 살아도 사람답게 살아보젠
한라산을 집 삼아 나댕기단
어느 날 어느 시에
악독헌 놈덜 더러운 총칼에
눈 부릅떠 죽어질 때
설운 나 자손들아
그때 난 보았져
꿈에도 그리던 세상
사람 세상
이시믄 이신 양
어시믄 어신 양
오순도순 수눌멍 사는 세상
총맞아 죽어가멍도
그 세상을 보아시난 설운 나 자손들아
나의 눈을 감기지 말라
그 세상이 느네 세상이여

들쥐들이 육신을 뜯어먹고
까마귀가 눈알 파먹엉
비바람에 살이 문드러지고
찬 세월로 뼛가루 날려가도
한라산을 위하여 싸우다 죽어지고
우리들의 수많은 죽음 끝에 본 새 세상
나가 무신 미련 원망 이시크냐
그 세상을 만드는 건 느네가 할 일이여
설운 자손들아 잘 들으라
우리가 싸워 찾는 게 아니면
그건 해방이 아니여
우리가 싸워 뺏는 게 아니면
그건 자유가 아니여
우리가 싸워 만든 게 아니면
그건 통일이 아니여
설운 나 자손들아
우리가 싸워 이긴 게 아니면
그건 아무것도 아무것도 아니여
설운 나 자손들아 명심허라
느가 있는 그 자리가 바로
우리가 죽어간 자리이고

느가 있는 그 자리가 바로

느네가 싸움을 시작헐 자리여

새날 새벽이 동터올 자리여

알암시냐 설운 나 자손들아

간 날 간 시 모르게 죽어간 영혼 피눈물만 흘렴구나

ㅂ롬질 구름질에 떠도는 영신 피눈물만 흘렴구나

* 분부사룀: 억울하게 죽어간 영혼이 심방의 입을 통해 후손들에게 들려
  주는 이야기.

한라산 전사의 마지막 노래

이대로 끝나지 않으리라
순결한 조국
사람답게 사는 세상은
죽창 쥔 내 손에 시퍼렇게
살아있는데
분노로 일렁이는 그날의 함성
숯불처럼
투쟁의 불씨를 일구리라
거대한 해일로
다시 솟구칠
해방통일
그날을 위해
이 한 목숨 이슬같이 바치리라
내가 죽어 나라가 산다면
내가 죽어 나라가 산다면

우리들의 땅·1
– 금악리에서

열세 살 소년은 망을 보고 사람들은
현장사무소를 점거하여
심방을 불러다 굿을 하였다

한라산신님이 보우하사
우리 마을 지켜주십서 평화롭게 지내게 해
주십서 괴물 같은 골프장 몰아내 주십서

득달같이 달겨든 경찰에 붙들려가고
침묵의 항거 위에
불도저 포클레인이 힘으로 밀려들었다

바람은 험하게 농성장을 휘돌고
찢겨진 깃발만이 소리치고 있었다

"편안히 잠드신 님 골프로 깨울쏘냐!"

死點 dead point

가도 가도 끝이 없는 가시밭길을
덜 깬 피로 일으켜
아침 해를 밀어 올리면
꺼끌한 보리밥 냉수 한 사발

허기를 삭이며 밭으로 가면
죽어도 벌써 몇 번은 죽었을
그 난리통
너흴랑은 제발 좋은 세상에 살라던
아버지 묻고 돌아서는 길

어데 간들 이보다 나으랴마는
대판시 생야구 공사판에 밀항 들어
죽어라고 아둥바둥 일해봐도
일본놈들 등쌀에 남는 게 없어

죽어도 선친 곁에 묻히겠노라
살림 좋아졌다는 고향 땅
몹쓸 병만 데불고 화안히 돌아와보니
꾸어 쓴 고릿돈 갚지 못하여
집밭 잃고 식솔들 길거리에 나앉았네

사람이 산다는 노릇이란 요렇게도
넬 모레면 내 나이 환갑인디
환장하게 속 돼싸지는 일뿐인가

암癌

죽음을 준비한다는 것은 잔인한 일이다
아메바나 하루살이 같은 것들도 꾹꾹
주머니에 삶을 챙기며 잔뜩 사는데
무어라 유언을 준비하고
손도 대 보지 못한 채 쓰러진다면 결국
우리가 산다는 건 죽음을 기다리는 것이 아니냐
헉
가슴 복판에 돌덩이가 박혀 번지며 산
세포를 갉아 먹더니 덜컥
목구멍에 숨이 걸린다 헉헉
가쁜 호흡 몰아쉬며 세상 살아도
세균 퍼지듯 빚내어 빚인데
발뒤기가 비켜 않고 지붕이 주저앉는다
농사는 빚만 짓고 헉
헉헉헉 운명처럼
나라 경제가 흔들린다 좀 먹는 곳으로
잔치 차려 이웃 높은 손님
한 상 가득 대접하니 아 저기 돌림병으로
달이 기운다 아 동방의
태양이 선혈 낭자히 노을 속으로 헉헉댄다 썩
싹둑 복판 혹을 집도로 도려내고

안으로 보신하여 모질게
죽음을 예감한 기나긴 생명으로 살아
우리가 산다는 건
죽음을 맞서 싸워 이기는 것이 아니냐

매립된 사랑, 피어나는 폐허

序詩

우리들의 사랑을 묻고
피어나는 폐허
탑동 바닷가 매립된 꿈속에 서면
부유하는 혼돈의 긴 그림자여
숨막히는 아득한 절망이여

거기
무덤처럼 솟아
피어나는
자본의 쓰레기더미

우리들의 꿈과 추억 눈물과 한숨과 빛나는 노동과
우리들의 어머니
우리들의 살과 피와 영혼을 씹어 삼키고
거기서 피어나는 번드르르
피어나는 탐욕의
거대한 아랫배 활개치는 자본의
고속도 팽창이여
신음하는 우리들의 몸살이여

그러나

그러나 아편 먹은 듯
몽롱한 순종을 거부하는 우리들
반역의 그리운 무기여

거기 솟아오른 폐허를 딛고 다시
쌓아오르는
우리들의 투쟁
우리들의 건설의 노랫소리여
거대한 해일로
다시 솟구치는
탑동 매립지 피어나는 사랑이여

실습일지

1.

허위와 기만을 제복 속으로 가리고 어젯밤 토해낸
술기운을 서둘러 출근길에 나서면 꼭 그 시간에
차창 밖으로 재잘대며 가는 아이들이 뿌옇게 보인다
저들과 동심을 함께할 수 있을까 무디어진
가슴을 일으켜 세워 부단히 싱싱한 가르침을
나눌 수 있는가 옳고 그름을 가릴 줄 알고 어디서나
큰뜻으로 옹골찬 삶을 익힐 수 있을까
교무실 문을 열면서는 벌써 다른 생각이 앞선다
이 아이들에게 무엇을 가르칠 수 있을 것인가

2.

납덩이처럼 내려앉은 장마진 초여름의 교실에서
제복 꺼풀을 벗어던지고 아이들 앞에 선다
선생님 데모는 맨날 뭣 때문에 합니까 진지한
눈망울이 표준말로 물어온다 진실은 아이들
꾀죄죄한 몸차림에서 묻어나오고 시골 학교의
운동장은 칙칙한 머릿칼의 비린내 같은
눅눅한 일상이 떨어져 쌓여가고
아이들에게 교과서 외의 사상을 주입 마시오 실습
담당교수의 불순한 웃음이 불현듯 떠오른다 이런

때 말없이 대한민국은 민주공화국입니다 라고
묵묵히 칠판에 쓰고 눈을 지그시 깨물었다는 어느
싯귀가 생각난다 여러분이 커서는
우리나라는 한반도 그 부속도서 통일에서 살아야지요

3.
무얼 더 이상 정직이라고 할 수 있는가
흉내내지 말고 자유스럽게 숨김 없이 정직하게
쓰라는 작문시간에 아이들은 예쁜 글을 짜
맞춰 멋진 제복으로 자랑을 보였고 그중
공부를 제일 못하는 초라한 아이가 가장
감동적이다 도대체가 무엇이 이 아이들에게
허위와 꾸밈의 굴레를 씌우는 것일까

4.
하늘나라
1-4 3번 문경철

나는 하늘 나라에 가게다
나는 하늘 나라에 조고 아음다고
하누님과 함께 살 수 이는 고시라고 비운다

그러나 나는 죄가 마타 그러데
나는 죄을 가진 사람도
하누님이 구원을 하시게다

5.
진실은 선술집 막소주 속에서 숨죽여 피어나고
피어난 진실에는 언제나 철저한
자기불신과 모멸감이 울분으로 섞인다
답답한 속마저 헤집지 못한 채 우리는
술에 겨워 쓰러져 술병처럼 뒹굴고 풀린
넥타이가 비틀거리며 다시 습관으로 찾아들지만
아이들에게 무엇을 가르칠 것인가
최루가스에 뿌린 눈물보다 더 짠 노여움으로
흔들리는 버스에 누워 일상을 진통한다

눈眼

길을 가다가도
책 속 글자마다에도 行間에도
어둠 속에서도
새벽에도 대낮에도 똥을 눌 때도
교미할 때도 바다에서나 들판에서도
밭에서도
땀 흘리거나 지쳐 흐느적거릴 때에도
술 취하거나 피 토하거나
눈물 흘리거나
한숨 쉴 때에도
가고 보고 먹고 마시고 냄새 맡고 느끼고 말하고
잠자고 꿈꿀 때에도
나를 항상 주시하는 감시의 눈초리

노동형제들이
부모들의 논밭에서 바다에서 공사판에서
거리에서 교정에서 지하실에서 감옥에서
부릅뜬 얼굴로 싸우는

그것은
민중의 눈이다 칼날같이

예리한 민중의 진실의 눈이다 그
차갑고 뜨거운 눈빛들이 나를 쏘아보고 있다
거대한 역사로 머뭇거리지 말고
함께 가자고

그들을 위해서라면

더 이상 어리숙연 하지 않기로 했다
어리숙한 사람들이
제 일터에서 땀흘려 일하는
인간에 의한 인간의 착취가 없는
그런 세상을
평생의 사업으로 목을 건 마당에
교활하고 간악한 자들이 날뛰는 속에
더는 어리숙하지 않기로 했다
교활해지자
간악해지자 놈들보다 더
더욱 교활해지고
간악해지고
빈틈없어져서 놈들의 대가리 위에서
그 모가질 아주 숨통 끊어 놓을 때까지 더욱
철저하게
흔들리지 않게 자신을 채찍질하여 더욱
견고하게 무장하여

더욱 확실하게 증오하고
더욱 치열하게 저주하고
그들의 죽음, 그 영원한 불회귀를 위해서라면

배신도 좋고
이중인격도 좋고 이간질 첩자도 다
값진 투쟁이다

투쟁의 순결함을 위해
허상의 도덕을 버려라

그들을 위해
그들의 처단을 위해
내 몸을 단련시키자
그들의 단두대를 위해
내 마음을 더욱 강인하게 달구자
그들을 위해서라면
그들을 아예 끝장내는 방법이 된다면 어떠한
배반도
거짓도
불순도 능사로 하자
언제
어떻게
누구를 만나더라도

그것이
그들을 위해서라면

그들에게 차라리 아편보다는 독약을 주어라

"똥이 무서워 피하냐, 더러워 피하지."

힘없는 무리가
자기를 변호하는 좋은 말이다
그럴싸한 말이다

그러나

나라 안이 온통 피할 수 없는 똥바다인데
똥의 원조元祖
똥의 괴뢰들이 들입다
배설하고 있는데
숨 다 되어가는 자본이 퍼질러 싸놓은
겹똥바다인데

여기
또 하나의 똥의 지옥,
감옥 안에서
나의 시력의 한계는 항상
육중한 벽과
쇠창살을 넘지 못한다

견고한 차단 그러나
투쟁에는 유예가 없다

저 열리지 않는
철문 밖에서 지금도 어떤
흉계가 벌어지고 있는지

저 걷히지 않는
똥의 사슬 속에서
얼마나 더 오래 동포여
신음을 하는지

아편으로 중독된
무기력한 굴종을 인내하는지

동포여
심하면 심할수록
극과 극은 상통하는 法
맹독으로 무장한
독종 필사의 각오로
그들에게 독을 뿜어라

독으로써
날카롭고 옹골찬 민중의 독기로
한 줌 무리들의 그 똥의
독을 결단하라

독의 해독
똥으로부터의 해방을 위해

"차라리 그들에게 아편보다는 독약을 주어라!"

운동부족·1

당연히
운동부족이죠

그 탱탱하던 탄력은 어디로 갔나요
나이 탓이 아니에요
운동부족이라니까요

먹고 살기도 힘든데 운동은 또 뭐냐구요
변명은 쓸데없는 군살을 늘릴 뿐이에요

정확히 말해서
당신은 게으른 방관자예요
단식을 겁내는 아랫배의 식욕

그러니 시키는 대로 하세요
모든 것 훌훌 털고
피를 짜내는 긴장
탄탄한 짜임으로 살아
땀나는 노동을 하세요

살길은 이것뿐이라니까요
운동을 하세요

운동부족·2

그저 적당히
비판당하지 않을 만큼만 적당히 비판하고
매 안 맞을 만큼만 적당히 개기고
잡혀가지 않을 만큼만 적당히 투쟁을 외치고
그래서 적당히
살도 찌고 배도 나오고 얼굴에 적당히 개기름도 흐르고
그래서 적당히 살림도 차리고 적당히 아이도 기르고
그렇게 적당히 여유도 있고
그렇게 적당히 부족하기도 하고
그렇지만 적당치 않아 보이는 것들에 대해
적당히 아주 적당히
경멸하고, 두려워하기도 하고 적당히
동정하고, 비웃기도 하면서
피 찰찰 흐르는 고민은 항상 시간이 없고
땀 팡팡 나는 실천은 항상 딴 사람 몫이고
그리하여 마땅히 적당한 때
적당한 곳에서 적당히 꽃피는
아름다운 환상 속에서 적당히 아주
아주 적당히
살해되고 아주 흔적도 없이 적당히 버려지는
그런 적당한 사회에

적당한 인간으로
적당히 길들여지는 적당한 법칙 안에 적당히
적응하는 그래서 동물적인
그래서 적당한 당신은

운동부족·3

어느샌가
나의 노동에는 땀이 배어있지 않고
나의 감각은
현상적으로만 흘러
앞뒤를 찬찬히 가리는 데 둔해져 있다

나이 탓인가 하고
고개를 갸웃거리다가도
문제는 자신에게 있다고
게으름 탓이다
절절한 삶의 고민의 깊이가 옅은 탓이다
끝끝내 붙잡고 늘어지는
진지성과 독기가 모자란 탓이다
관성적이다
늘상 그렇게 저렇게만 하면 되겠지

그렇다 문제는
게으름이고
진짜로 가슴 깊이
세포 하나하나에마다 아픔으로 출렁거리지
않는

느슨한 세포분열
일상의 치열한 삶을
투쟁하지 못하고 있기 때문

허리가 굵어지고
아랫다리에 힘이 휘청거리고
그렇다,
고민의 깊이는
바로 피부에서부터 보이고
여위지 않은 얼굴살은 무노동이다

활동의 거리는
다리 근육의 힘찬 탄력으로 나타난다
야윈 시대에 굵은 허리는
무노동 그리하여

아무것도 생산해내지 못하는
자폐의 관념
나로부터의 척결운동
지금은 그것이 출발이다

운동부족·4

게으름
충동성과 자만
무기력과 패배주의
불성실 속에
대중이 없는 운동적 가식
미지근한 싸움
불철저한 자기관리 속에

아메리카는 당연히 커가고 있다

통일의 신혼살이
그 황홀한 첫날밤의 동맹의
꿈이
38선 180km 방벽 가진 자의 전횡
속에서 미제 살인무기
교활한 미소
추잡한 음모 핵폭탄 속에서

내 나라는 더욱 당연히
커가고 있다

4부

임금님 귀는 당나귀 귀

옛날 하고도 머언 옛날
날은 따숩고 땅은 기름져 서로 가진 것 비슷하게 사는
조그만 나라에
임금이 바뀌고 다른 세상 되자
중천에 해는 구름에 가리우고 살기 힘들다고
여기저기 불만의 소리 높아가고
말 한마디 숨 한번 제대로 쉬어보지 못하게
사방에 감시의 눈초리만 차갑게 빛나는 나라로
변하더니 언제부턴가 흉흉한 소문이 나돌고
드디어는,
이발을 한다는 놈들은 모두 잡아들이라는
어명이 떨어진즉
이제 가면 언제 오나 한번 가면 못 올 길가
설운 형제여 설운 아들 딸아 나 이제 가면
언제나 올꼬 울며불며 매달리는 식솔들 두고
포졸 따라 이발사 대궐에 당도하니
먼저 온 이발사들 한 손에는 가위 들고
한 손에는 칼을 쥐어 눈 부릅떠 죽어 넘어져 있는
가운데
임금님 의젓하게 옥좌에 앉아 나직한 목소리로
이놈이 이제 마지막 남은 이발사인고 그럼

어서 짐의 이발을 시작하거라

와들와들 떨면서 왕관을 벗기는 순간 으악

비명 반 큰 웃음 반 꾹 눌러 참고

아아 이랬었구나 꼭 당나귀 귀를 닮았네

조심 조심 이발을 마치고

나도 이제 죽을 차례로구나 눈 감고

고향 생각하는 차에

너는 예서 계속 짐의 이발을 맡거라 그러나

이 사실을 입 밖에 내면 너도 온전치 못하리라

휴가차 고향에 온 이발사 도저히

참지 못하여 구덩이 파고 대나무 숲에서

끙끙 앓다 속시원히 임금님 귀는 당나귀 귀

다시 참지 못할 때마다 임금님 귀는 당나귀 귀

그런데,

바람이 불어 댓잎 스산대는 날이면 날마다

임금님 귀는 당나귀 귀라는 소리가

낮말은 새가 듣고 밤말은 쥐가 들어

바람을 타고 소문을 타고

임금님 당나귀 귀에까지 들어가게 되었은즉

네 이놈 그렇게도 입 다물라 인상 쓰며

몽둥이로 위협하고 뒷전으로 돈 대주며

발설 말라 일렀건만 휴가를 보낸 게 잘못이로다
이놈을 당장 능지처참하라
이발사 그날로 영영 밥숟가락 놓았으나
바람 부는 날이건 비가 오고 눈이 오고
진달래 흐드러지게 피는 봄이 와도
임금님 귀는 당나귀 귀 이발사 죽음 헛되지 않아
장안에 시골에 이 소리가 자자해지고
나라에 이발사 없으니 중이 제 머리 깎고
머리 모양 제각각이라 또한
임금님 머리털 귀를 덮고 내려와
궁전을 에워싸고도 더 자라 온 나라에
시커먼 머리털이 문어발로 칭칭 옥죄니
이렇게 살 수만은 없다 비분강개
백성들 손에 손에 죽창 들고 낫 들고 도끼 들고
온갖 날카로운 무기 들고 머리털을 쳐 간다
임금님 귀 당나귀 귀가 보일 때까지
머리털을 쳐 간다 아하 이랬었구나 꼭
당나귀 귀를 닮았네 친 머리털 한데 모아 불지른다
불지른다 매캐한 연기와
지독한 냄새
허위와 기만이 썩어가는 냄새다

추악한 독재를 뚫고 진실이 이겨내는 냄새다
내친 김에 머리털 다 빠진
당나귀 귀 임금님까지 불태운다
불태운다 사무친 원한으로 귀를 자르고 짐승 임금
불태운다 당나귀 귀 임금님 타죽어가며 소리친다
당나귀 귀는 임금님 귀는 당나귀 귀는

꿈

정신을 차렸을 때는
뗏목 조각을 껴안은 채 처음 보는 바닷가 기슭
날씨는 따뜻했고 멀리 산은 푸르렀다
친절한 사람들의 부축임에 간 곳은
옛이야기에나 나오는
도무지 걱정거리가 없어 보이는
행복에 겨운 나라였다 포근한 아랫목에 누워
상냥한 여인의 간호를 받으며 가만히 생각하니
내가 이어도로 와 있는 건지
죽어 저승에 들어선 건지
혹 꿈이나 꾸고 있는 건 아닐까
얼굴을 꼬집어보니 아프다 도대체
어떻게 된 일인가 분명
해일에 맞서던 뗏목이 부서지고 다른
사람들의 생사도 모른 채 나무쪽을 기대고
무작정 파도를 헤쳐나간 기억뿐
아 모두들 어떻게 되었을까
이 저런 생각을 하다가 잠이 들었는데
마을엔 초가지붕마다 바람에
불꽃이 일고 밤하늘은 아우성 소리로
붉게 타고 있었다 사람들은

도무지 알 수 없는 양놈 말에 살벌한
깃발에 치를 떨었고 누가 살고 누가 죽었는지
확인할 엄두도 못 내며
죽음을 피해 은거한 동굴 속에서
웅크려 떨고만 있었다 갑자기
밖에서 고함소리 들리고 총소리
요란하게 밀려들어와
모두들 여러 군데로 피를 흘리며
죽어 넘어가고 나는
젖먹이 어린애 빽빽 울어대는 소리 들으며
그대로 기절하였다
일어나보니 내 위에는 시체가 겹쌓여 있었고
시퍼런 죽창을 든 아버지가
헛소리하며 앓는 나를 업고 굴 밖으로
황급히 뛰어나가고 있었다 나를 뉘어 놓고
아버지는 농약값과 비료대 경운기 대금
갚을 걱정을 했고
누구 좋으렌 뼈 빠지게 일하는 건지 모르겠다며
청자 담배를 끝까지 푹푹 빨아댔다
너무도 생생한 꿈 생각을 하며
일어나 창문을 턱 열었는데 어헉

거대한 아주 거대한 파도가 밀려오고 있었다
나는 번쩍 뗏목이 필요하겠다고 사람들에게로 가며
해일이다 해일이다 이름 아는 이를
닥치는 대로 부르며 뛰었다 물결이
집과 길을 덮으며 무서운 속도로 밀려오고 있는데도
모두들 어디로 갔는지 소리소리 지르며
뛰는데 발이 움직여주지 않았다
물은 점점 다리에서 목까지 차올라왔다
하늘을 쳐다보니 곧 무너질 듯
구름이 내려앉아 있었다 물은
코에서 눈까지 올라왔고 숨 막혀
바둥거리다 물속을 얼핏 들여다봤다
그런데 거긴
집과 땅과 사람들이 그대로
낡은 초가집 위에서 피어오르는 밥짓는 연기도
나뭇잎에 파랗게 젖어있는 이슬
퍼질러 싸놓은 쇠똥을 핥고 있는 똥개까지
그전 그대로 변한 건 아무것도
없어 보였다 그런데 웬
기름기 번드르르 도는 얼굴들이 나타나더니
가재미눈을 번뜩이며 저마다

줄자와 수판을 들고 땅을 가늠하며
침 발라 돈을 세고 있고
우리가 살던 집에선
노랑둥이 흰둥이들이 유쾌하게 키들거리고
어머니는 작업복을 입은 채 거리를
청소하다 말고 먼 발치로 망연히
그들을 바라보고 있었다 누이는
이런 씨발 누이는
그들에게 몸을 맡겨 희롱당하는
속치마 사이 사내 손에서
지폐를 빼내고 있었다 이럴 수가
이럴 수가 나는 너무 슬프고 놀라와
주먹 버럭 쥐고 달려 나가려는데 뭔가
아까부터 자꾸 나를 흔드는 것이
있어 퍼뜩 깨어나보니
뗏목 위에선 물결에 떠밀려가지 않게
서로를 밧줄로 휘감아 있고 사람들은
걱정스런 눈으로 나를 쳐다보고 있었다
나를 깨운 건 파도였고
바람이었다 사람들은
언젠가는 물이 나갈 것이라고 서로들

다짐하면서 더 큰 파도가
밀려오면 올수록 더욱 튼튼히
밧줄을 휘감고 키 바로잡고 노를 힘차게
맞서 싸우는데
날은 점점 더 무섭게 회오리치며
어둠 속으로 깊이 치닫고 있었다

新 해방가

다
무엇 때문인가

한라에서 북한산 기슭
백두에서 남산 어느 언저리에서나
해방으로
통일될

누가 우리를 갈라놓고
갈가리
찢어 놓았는가
진
기
악착같이 빨아가고 있는가

우리의
적들은
이미
몸속의 세포 하나
하나에 마다 깊숙이 들어앉아
세균 번지듯

드디어는
나
우리가
완전히 죽어가고 있다
죽어가고 있다 그러나
결코

죽을 수 없는 나는
너는
우리는
이 땅의
주인이다 시들지 않는
정신이다 위대한 인간정신이다
옹골찬
백성의 삶이다 누가

누가 나를 부리는가 누가
나의 목을 숨 막히게
숨 막히게
조르며

종이다
노예다
식민의 백성이다
들쥐새끼 같은
냄새나는 유색인종이다 비웃는가

떠나야 할 것들은
떠나서 아주 사라져야 할 것들은
제 몸 스스로 떠나지 않는다 그것은

그것은 싸움이다
싸움이다
나의 몸속에서부터 물리쳐야 할 더러운
관념의 쓰레기 더러운
독재의 사슬 더욱
더
더러운
제국과의 물러설 수 없는
순결한 싸움이다

놈들이 파놓은 구덩이에 매몰되지 않을

그리하여 마침내
그를
쳐부술 그것은
싸움이다
자존심이다

왜 우리를 못 먹게 하는가
무엇이 우리를 못 살게 하는가
누가
우리를 고양이 앞 반토막 생선으로 던져지게 하는가

광주 원산 신의주
서울 평양
마산 제주 개성 중강진
갈수록 도시의 연결조차 아니
그 이름조차 낯설게 하는가

대동
영산
임진
압록

낙동
대금 소금강 아
남
북한강을 통틀어 하나로
하나의 혈맥으로 건강하게
한반도로

통일의 바다로
가지 못하게 누가
그 금을 긋고 분단이라 이름하는가

우리의 적은
우리의 끝내 쳐부수어야 할 적들은
우리의 일상에서부터
민주
새 세상
통일의 미래까지도
옥죄고 있는데

우리의 싸움은
얼마나

정직한가 얼마나
순결한가 또

얼마나
완전하고 어느 정도 철저한가
만약
우리의 싸움이 미지근하여
붉은 얼굴
거친 숨결로
분연히 나서지 못한다면
목숨으로 증오하고
피로써 두려움을 씻어
부끄럼 없이
의연히
무장하여 암흑의
거리로
전장으로
심신을 내던지지 못한다면

만약
우리의 전선이

혼란하여
일관성이 없거나 분열되어
선명치 못하여
모두의
신망을
하나로 견지하지 못한다면

바로
지금
딛고 서 있는 땅 위로 바로
그 자리에서부터

우리가
스스로
하지 못한다면

언제
어떻게 우리는
南과
北이
하나로
뒤엉킬 수 있는가

더러운 제국
독재의
지배에서 해방될 것인가
스스로 해방할 것인가

싸우리라
싸우리라 엄청난 적의
공세 앞에
오직
목숨 걸고 싸우지 않고는
이무것도 있을 수 없다 이기리라

이기리라
해방전사
전사들의 넋과 함께
부활의 땅

우울한 낯빛의 모든
낯선 그림자들도 모두
다
부활로

해방으로
생명의 강
새 세상의 바다로
가리라

가리라
노동으로
싸움으로
사랑으로

사람다운
사람 사는 세상

한솥밥
눈치 보지 않고 같이 나누어
퍼먹는 겨레

四海의 민중들도
모두 한겨레 함께
가리라

오
투쟁만세

어느 해 봄의 기록

序詩 - 검은 안개의 나라

누가 그 맑고 깨끗한 공기에 아편을 뿌려놓았는가
두터운 바람으로 회오리쳐 비틀거리게 하고 뒷짐지
고 앉아
무슨 수작으로 뽐내고 있는가 거대한
거대한 침묵은 누구의 한숨과 눈물을 먹고 커가고 있
는가
누구는 뿌리 잃은 심해초 마냥 흘러다니며
한 치 앞의 사랑에만 굶주려 있는가 어느 구석에서
제 일에만 바둥대며 머뭇거리고 있는가 누구는
곱고 뜨거운 피 고이 헌혈하며 미친 듯이 삽질하며 퍼
내고
있는가 퍼내고 퍼내도 다시 모여들어 안개는 누구의
목을 숨막히게 조르고 있는가 살과 피가 소리없이 마
르는
얼어붙은 나라에 추억처럼 눈부신 햇살은 어디에
머물러 있는가
맨몸으로 부대끼며 찬란하게 다가올 태양은
어디에서 어떤 불씨를 키우고 있는가

3월

나라를 구하고
백성을 살리라는 정치가 도리어
나라를 팔아먹고
백성을 죽이는 치장일 뿐
백성이 나라의 주인이라면
사람이 사람답게 사는 세상
백성이 곧 하늘이다 호남벌에서 수운선생
오늘 우리가 일어선 것은 조금도
나라와 백성을 해코자 함이 아니로다
나라와 백성을 도탄에서 구하고
안으로는 탐학한 관리들의 목을 베고
밖으로는 횡포한 주변 열강의 무리를 구축코자 함이라
오척단신 전봉준 장군
동학 농민군 이끌고 피로써 맹세한다
새 세상 찾아가세
새 세상 찾아가세
호남의 물결이 온 나라에 퍼진다 북풍을 타고

겨우내 움추렸던 기운이 이제

봄이다 3월 첫날 우리는
삼천리 방방곡곡 한 핏줄
한마음으로 처음 만나는 얼굴들이
태극기 손에 쥐고 어깨 걸고
물 밀듯이 맨주먹 맨몸으로 외친다
대한독립만세
대한독립만세
소리가 소리를 불러 함성을 이루고
사람이 사람을 뭉쳐 거리를 메꾸어
한 가지 목소리로 오늘은
서대문에서 광화문에서 경무대 앞에서
부정선거 무찌르고
민주주의를 외쳤다 목이 터져라고
온몸으로 총칼에 맞서
민주주의를 외쳤다

나라를 팔아먹고 살찌는 자들아
디룩디룩 아랫배 튕기며 거만한 자들아
백성은 안중에 없고 사리사욕에 눈 벌건 자들아
사바사바 우리가 아니면 이 나라 안 된다며
온갖 수단 방법 가리지 않는 자들아

너희에게 이르노니
백성은 나라의 근본이요
근본이 허약하면 나라가 쇠약해지는 법
우리는 더 이상 장승처럼 멀뚱멀뚱
있을 수 없다 눈과 귀가 열리고
알 것은 다 안다
너 이상 알량한 농간에 속지 않는다
더 이상 우리는 참을 수만은 없다

4월

어머니
살아생전 효도 한번 못 드리고 떠나는
저를 눈물로 잡지 마세요
언제나처럼 어머닌
나와 한몸이듯 오늘의 헤어짐이
훗날 마음 터놓고 추억되기를 그러나
오늘은 더 이상 만류하지 마세요
이렇게 떠나 비록 죽는다 해도
동지들의 피에 섞여

형제들의 아우성으로 섞여 흐르고
이름 없이 길거리에서
들쥐에 뜯어 먹혀 썩어가더라도 어머니
제 몸 바쳐 민주가 오고
자유와 평화가 넘치고
참 사랑과 평등의 그 나라가 보이는 길목으로
제 죽음이 한 걸음 길을 놓는다면
제 목숨이 하나뿐인 것이 오히려 한스러울 뿐
어머니 민주의 바람이 북상 중입니다

부모 형제들에게 총을 쏘지 말라며
코흘리개 아이들이 나서고
학생들의 피값을 보상하라며
교수들이 나서고 유채꽃 만방에
흐드러지고 진달래 개나리 철쭉 다투어 피고
질세라 우리도 앞장서
식민주의를 향해
압제를 향해
독재를 향해 모든
외세를 향해 모두가
한뜻으로 일어선다 일어선다

녹두장군 죽창 들고 앞장서 달려간다
구름처럼 농민군 달려간다
먼지 폴폴 날리며 태극기 휘날린다
희생을 피하면서 명분을 찾을 순 없다
제 몸 사리며 혁명을 이룰 순 더욱 없다
다리가 꺾이면 두 팔목으로 다시
팔목이 부러지면
몸뚱이로 기어서라도 우리가 가야 할 곳
진리는 반드시 따르는 자 있고
정의는 반드시 이루는 날 있으니
독재는 언제나 비참한 말로를 예비한다
시민 여러분 기뻐하라 우리는
마침내 승리하였다
압제의 사슬이 끊기고
독재는 하야
모든 권리 되찾아 드디어 우리는 봄다운
봄볕을 온몸으로 버팅겨 맞고 있으니
기억하라 이는
거저 얻은 것이 아니라
목숨 걸고 싸워 찾은 것 이름 없이
숨져간 모든 넋들이 어머니 조국

당신에게 바친 피의 유서 속에서
울려 나온 것 이제 우리는
순결한 당신에게 한 걸음 다가서서
당신의 아픈 허리 철조망으로
졸라맨 피고름 흐르는 당신의 허리
우리 손으로 풀고야 말 숙제 어머니
우리는 드디어 이겼고
마침내 이기고야 말 것입니다
어머니

5월

봄의 마지막, 봄다운 봄을 마저
누려보기도 전에 우리는
뿌리째 봄이 흔들리는 것을 보았다
민주의 봄은 5월까지는 언제나 지속되지 않았다
군홧발에 진달래가 짓이겨지고 돌아서면
몇 번이나 넘어지는 아득한 하늘
계절은 역류하여 겨울의 문턱
사람들은 다시 속내의를 꺼내 입고

두툼한 외투 깃에 몸을 사렸다 거센

바람 몰아쳐 아 녹두꽃이 떨어진다
청포장수 울고 간다 오척단신 전봉준
목이 달아난다 가녀린 유관순
옥중에서 죽어간다
수유리 묘지가 신열로 울부짖는다
망월동 수천의 부릅뜬 눈에 피눈물이 흐른다
해마다 5월이면
답답하고 억울하여
눈물 흘리며 한숨 짓는 그대여
못 견디게 그립고 뼈에 사무치거든
기억하라 그대여 피의 일요일,
빛나게 횃불이 타오르고 상기된 얼굴들이
서대문에서 시청 앞으로
금남로에서 도청 앞으로
독재를 향해 바람보다 함성으로 먼저
달려갈 때 전율처럼 정기가
가슴을 뚫고 온몸으로 번지며 느꺼워질 때

그대여 다시 기억하라

민주의 머리띠를 두르고
자유의 깃발 휘날리며
독재타도 민족통일의 플래카드가
총칼의 위협 속에 위축되고
탱크의 불길 속에 사그러질 때 그대는
피눈물 흘리며 무엇을 준비하였던가
끝내 죽지 않을 변혁의 불씨가
선대의 피땀을 딛고
태양처럼 폭풍처럼 해일처럼
이 산하에 퍼져 드디어
밝은 봄날 세상 완전히 이룰 그대여
구릿빛 팔뚝 걷어붙이고 억세게
힘차게 도약하라
그대 뒤에는 언제나 모두가 있다
그대 뒤에는 언제나 모두가 있다

침묵의 봄

이 산하에 흐르는
아우성 소리를 듣는가 저리도 못다 푼 한이

얼마나 깊었길래 아직도
바람으로 숨어 흐르는가
그날의 피바람 아직도 선연한데
눈물 메말라 피고름 흐르는 땅
선대들의 피와 살덩이가 썩어 봄의
싹을 품은 땅 그대여
눈 감고 기억하라 유사 이래
봄이면 어김없이 찾아드는 이 무한의 되풀이
희망과 좌절
분노와 침묵
혁명과 독재
일어서고 주저앉고
주저앉았다 다시 일어서고
그대는 진정 봄다운 봄을 맞아보았는가 그리하여
싱싱하게 물오르는 여름날의 곡식이며
열매를 땀흘려 거둬들여 보았는가
가을에 모든 준비를 끝내고 힘차게
겨울을 맞서 보았는가
부끄럼 없이 나설 수 있는가
그대 오늘은 지금 어디에서
무엇을 준비하고 있는가

봄은 기다리는 자에게 오지 않고
저만치서 머뭇거리며 서성이는 그대여
봄은 겨울과 맞서 싸우는 자에게 온다
그대여, 봄은 멀리 있지 않고 우리들
바로 곁,
바로 가까이에서 어서 오라고
손짓하고 있다

5부

이덕구 산전

우린 아직 죽지 않았노라
우리의 싸움은 아직 끝나지 않았노라
내 육신 비록 비바람에 흩어지고
깃발 더 이상 펄럭이지 않지만
울울창창 헐벗은 숲 사이
휘돌아 감기는 바람 소리 사이
까마귀 소리 사이로
나무들아 돌들아 풀꽃들아 말해다오
말해다오 메아리가 되어
돌틈새 나무뿌리 사이로
복수초 그 끓는 피가
눈 속을 뚫고 일어서리라고
우리는 싸움을 한번도 멈춘 적이 없었노라고
우린 여태 시퍼렇게 살아 있노라고

시집 《강정木시》에서

오미자

오미자에게 문자 메시지로 은근히 수작을 부렸다
"나, 오미자 사랑해도 돼?"

오미자는 오씨 성을 가진 미자라는 이름의 여자가 아
니라
김군 재인 조앤 영미 태나맘
강정마을 다섯 명 여성 지킴이들의 통칭이다

자기 걸로 하나라도 더 챙기려는 이 세상에
자신을 전혀 앞세우지 않고 뒤에서만 헌신하는
진정의 구도자들이 오미자, 바로 이들이다

바로 답장이 왔다, 설레는 마음으로 열어보니
"거부합니다, ㅋㅋ!"

아무리 거부한다 하더라도 나는, 오미자를 향한
순정의 짝사랑마저 멈출 수는 없는 일이다

시집 《강정木시》에서

118

삽질

어떤 이의 과거를 파다 보면
한 삽마다 냄새나는
그이를 발견한다

그래서 그이는 삽을 들어
묻고 또 파기를
반복하는 것이다

아마도 그이는
자신의 더러운 주검도
파고 또 묻기를 계속할 것이다

시집 《우아한 막창》에서

여뀌와 대우리

콩밭의 여뀌
콩인 체

보리밭의 대우리
보린 체

같잖은
아닌 것들

뽀록날 허세
솎아내면

콩밭엔
콩

보리밭엔
보리

재일 조선인 4세 소녀에게

소녀야
강휘선 무용단의 어엿한 한 사람으로 제주에 온
재일 조선인 4세世 소녀야

올해 네 살 된 너는
밝은 미소로 기차놀이 무용공연을 하였지
휴전선도 없고 분단의 아주 사소한 앙금도 없이 너는
한반도가 너의 길이 되어 달리고 또 달렸지

무대 위 커다란 소나무 팻말에 적혀 있는
'판문점'이라는 흉물의 뜻을 너는 알까
못난 어른들이 만들어 놓은 금줄을 너는 알기나 할까

그 이해할 수 없는 것들을 채 알기도 전에
너는 열네 살이 되겠지 그때가 되면 너는 덜컥
가슴을 치는 소리를 듣게 되겠지
'외국인 등록갱신'이라는 쇠망치 소리를 듣게 되겠지

그때가 되면 소녀야
태어나서 자란 나라와 조국이 다르다는 것에 대해
재일 조선인으로 산다는 것에 대해

너는 스스로 뼈아프게 되새기겠지
차별과 소외라는 것에 대해서도 너는 온몸으로 느끼
게 되겠지

너의 아버지의 아버지의 아버지 때부터
너에게 고스란히 유전되는 고통의 정체에 대해
민족이나 조국 그리하여 자기정체성에 대해
너는 무수한 날밤 지새우며 고민하겠지

그러나 소녀야
그 모든 아픔을 너의 세대들에게만큼은 물려줄 수 없
구나
너가 오늘 달리고 달린 그 길이 꿈이 아니라고
그것이 환상이 아니라 바로 지금의 현실이라고
나는 지금 너에게 말하고 싶구나

소녀야
재일 조선인 4세 소녀야
이 제주에서부터 백두까지 통일의 선로를 하나씩 놓
자꾸나
너희의 꿈을 위하여 못난 어른들은 선로의 침목이 될
지니

소녀야
너희들은 마음껏 내달리거라
10년 후에는 너희가 주인 되는 세상이 되리니
너희의 마음 속에는 오직 푸른 꿈만 가득하거라
나의 딸, 조선의 소녀야

시집 《그날 우리는 하늘을 보았다》에서

아픔을 잇고 기억을 나누는 바느질 집
– 진아영 할머니 삶터 개관에 부쳐

단 한 번
남 앞에서 밥 아니 드시던
할머닌 누가 볼세라 홀로
먼 마실 가셨지만

말 못한 유언처럼 휑하니 남은
집 한 칸
헐고 낡고 터져 아픈 기억을
고운 마음이 메웠나니

한 땀 한 땀
바느질이 고운 옷 짓듯
한 땀 한 땀
아픔을 잇고 기억을 나누듯

아들 되고 딸 되고 조카 되고 손주 되어
울담 답고 도배하고 장판 깔고 지붕 칠해
새 보금자리 틀었으니

선인장 핏빛 상처 속에
샛노란 꽃이 돋듯 화안히

마실 다녀오신 할머니

참빗 정결히 머리 빗고
갓 지은 따순 새옷 곱게 입어
아이들 맑은 노래 고운 웃음 받으리

* 2008년 3월 25일, 4·3의 아픔을 상징적으로 보여주며 한과 고통으로
  이승의 삶을 살다간 '무명천 할머니'. '진아영'이라는 본명보다 '무명천'
  할머니로 더 유명했던 그녀가 생전에 머물렀던 삶터가 복원됐다. 13㎡
  (4평) 남짓한 자그마한 방에는 할머니가 생전에 사용하던 이불이며 옷
  가지, 장신구, 생활용품 등이 전시돼 있다.

시집《그날 우리는 하늘을 보았다》에서

개민들레

아무리 봐도 너를 좋게 봐줄 수 없다
아버지 무덤가에 위세를 부린 너
고요한 안식을 질긴 뿌리로 옭아매는 너
쑥과 억새 틈 사이도 비집어 제 영토로 만드는 탐욕
쑥은 약재로도 쓰고
억새는 하다못해 땔감으로라도 썼다
무엇 하나 소용없이 영역만 강탈하는
너, 미국의 종자여
아무리 해도 너를 좋게 봐줄 수 없다
이 땅을 뿌리 깊이 할퀴고 움켜쥐어서
뻔뻔히 고개 치켜든 너, 아메리카여
너는 수천 수백의 암세포를 날려
지천으로 흐드러진 너의 제국에서
관광객들 기념사진을 찍게 하는구나
너의 식민지, 백성들의 얼마저 빼놓는구나
아무리 봐도 너를 좋게 봐줄 수가 없다
오늘 나, 호미로 너를 뽑는다
무덤 속 아버지 유골까지 건드는
너의 질긴 뿌리를 악착같이 뽑는다
너를 거세한다

시집 《삼돌이네 집》에서

멸망의 지름길로 제 무덤을 파리라
– 효순이 미선이 2주기에 부쳐

이건 미군범죄가 아니다
이건 단순히 미군이 저지른 범죄가 아니다
이건 분명코 미국이 저지른 국가범죄이다

안타깝지만 정말로 안타깝지만
우리는 언젠가 효순이 미선이처럼 미군 장갑차에 또
깔릴 것이다
원통하지만 정말로 원통하지만
이라크에서처럼 언젠가 제주4·3학살이 그대로 되풀
이될 것이다

억울하지만 정말로 억울하지만
돌아서 돌아서서 눈물과 한숨 접고 다시 팔뚝을 치켜
들 것이다

보라, 세계사의 과거와 현재 속에 온통 미국범죄가 있다
상상할 수 있는 가장 잔인한 방법의 살육들이 도배되
어 있다
보라, 대한민국과 일본과 그리스와 엘살바도르
니카라과 쿠바 베트남 이라크의 그 냄새나는 유색인
종들이

성조기에 목졸려 신음하고 독수리 발톱에 심장이 내둘린다
아메리카 무지막지한 인디언과 검둥이 무리들도
아주 효과적인 테러로 양키의 군홧발 아래 짓이겨졌다

그 옛날 몽골의 징기스칸처럼
세계의 모든 땅과 하늘은 그들의 힘에 짓밟혔다

그러나 고개를 들어 미래를 보라
단언하건대 정말로 단언하건대
징기스칸의 후손들이 그랬던 것처럼
저기 양키의 후예들이 폐허의 길거리에서
멸망의 지름길로 제 무덤을 파리라
거기 제 주검을 스스로 파묻으리라

이건 상상이 아니다
이건 정말로 꿈속의 꿈이 아니다
이건 바로 우리의 역사 교과서다 세계사다

시집 《삼돌이네 집》에서

새해부터는

새해부터는
하늘의 해와 달과 별이 제 궤도를 운행하듯이
대지와 바다의 뭇 생명들이 제자리에서 제 삶을 살게
하소서
어긋나지 않고 억지로 물러나지 않으며
삶을 지키기 위해 제 목숨 버리는 일 없게 하소서

새해부터는
공장의 굴뚝 연기와 노동의 월급봉투가 두꺼운 경제
가 되게 하소서
패랭이 속으로 흘러내리는 농부의 이마 위 땀방울이
기쁨이게 하소서
거리의 행상에 내리는 함박눈도 얼지 않는 희망이게
하소서
굶주려 우는 사람 추위에 떠는 사람 없게 하소서

새해부터는
설움에 지쳐 죽어간 영혼들이 편히 쉴 수 있게 하소서
살아남은 이들은 더 이상 좌절하지 않고 뜻대로 살 수
있게 하소서
사랑하는 연인들이 갈라서지 않고 하나로 살아가듯

내 나라 내 겨레 드디어 하나이게 하소서

새해부터는
일강정 이 마을에도 온갖 더러운 것들 싸그리 몰아내고
사람들 입가에 기쁨만 있게 하소서
바닷속 연산호와 붉은발말똥게와 은어와 층층고랭이와
'중덕'이라는 이름을 가진 개와 그 개를 아끼는 모든
사람들이
해군기지 낯선 이물질 때문에 아파하지 않고 옛날처
럼 오순도순 살게 하소서

새해부터는
제주도 이 섬에도 온갖 추잡한 것들 모조리 쓸어버리고
제주민들 마음에 기쁨만 있게 하소서
대한민국 이 나라에도 온갖 쓰레기 같은 것들 남김없
이 살라버리고
백성들 마음에 환희만 있게 하소서

새해부터는
하늘의 해와 달과 별이 제 궤도를 운행하듯이
대지와 바다의 뭇 생명들이 제자리에서 제 삶을 살게

하소서

맑고 맑은 저승법으로 이승의 질서를 세우고

온 세계 온 우주가 아름다운 세상 사람사는 세상을 칭

송하게 하소서

강정문편 《돌멩이 하나 꽃 한 송이도》에서

지금은, 강정에서

지금은
비가 더 많아야겠다
큰내 아끈내 세차게 확 흐르게

지금은
바람이 더 거세야겠다
쇠붙이 쎄멘덩이들 싹 쓸어가게

지금은
마음이 더 모여야겠다
불안 체념 절망 탁 털고 일어서게

저 너른 바다에는
원시의 평화가 있고
그것은 그대로 미래다

저 깊은 하늘엔
참된 정의가 있고
그것은 땅에서 현재다

그리하여 지금은
오직 생명만 넘쳐나게
결기의 피 더 끓어야겠다

강정문편《돌멩이 하나 꽃 한 송이도》에서

악연

나를 취조했던 서북 출신 경찰과 사돈이 되었다
사람들을 잡아 족치다가 돈 바쳐야 풀어주던 사람이
었다
나도 고등어를 두 어 상자 사다 바치곤 했다
4·19 나자 도망갔다가 5·16 나니 되돌아왔다
아들이 어쩌자고 그 집 처자를 좋아하게 되었다
좋아라 지내는데 몇 년을 말렸다
허락할 수 없다고 넌 내 자식 아니라고
부자父子의 연 끊자고 했지만 부부의 연이 더 질겼다
내가 맞은 거 반에 반만이라도 맞아보라고 장작으로
때렸다
꼴도 보기 싫다 육지나 가서 살아라 호戶도 다 파가라
며느리가 나보고 요망지게 말했다
우리 아버지가 문제라면 더욱 결혼해야겠습니다
안 그러면 평생 용서 않고 살 거 아닙니까
결국 서북 출신 경찰과 사돈이 되었다
이제는 다 용서하고 과거는 잊어버렸다

시집 《눈물 밥 한숨 잉걸》에서

134

의義

옳은 일을 옳다고 하는 것
옳지 않은 일을 옳지 않다고 하는 것
그것이 의義다

그 중간은 없다

옳은 일을 옳지 않게 하는 것들에 맞서
옳지 않은 일을 옳게 만들어간 죽음들
그것이 4·3이다

그래야 살아 있는 것이다
그렇게 살아야 하는 것이다

그 이상도 이하도 아니다
그것이 의義다

시집 《눈물 밥 한숨 잉걸》에서

1993

2020

1993

———

발문
김수열(시인)

2020

———

해설
김동현(문학평론가)

광대시인 혹은 시인광대, 김경훈

김수열(시인)

"글 하나 써줍서."
"무신 글?"
"이번 나 시집에 발문마씀."
"경허주."

이렇듯 짤막하게 승낙을 하고 그의 시편들을 넘겨받을 때만 해도 나는 그리 어렵지 않게 생각했다. 왜냐하면 나는 그가 대학을 졸업하고 이른바 딴따라 입문과정에서부터 함께 있었고 지금도 한길을 가고 있기 때문에 쉽게 쓸 수 있으리라 여겼고, 또한 하고많은 제 선배 중에 나를 점지하여 발문을 써달라는 게 고맙기도 해서 선뜻 그러마고 대답했는데 막상 쓰려니 여간 힘들지 않다. 그에 대한 과대포장 내지는 폄하에 대한 조바심에 앞서 사람에 대해, 그것도 멀리 있는 사람이 아니라 지금이라도 당장 만날 수 있는 그이기에 더욱 버거워진다. 하여 이러저런 궁리 끝에 그와 함께 지내온 10년 가까운 시간 속에서 언뜻언뜻 스쳐간 그에 대한 편린들을 추스르는 것으로 대신하고자 한다.

내가 그를 본격적으로 만난 것은 87년 6월항쟁 직후였다. 그때 나는 교직에 있으면서도 제 버릇 개 못 준다고 대학시절(구체적으로 수눌음 시절)의 미련을 떨치지 못하고 정공철을 비롯한 '팔자 그르친 것덜'과 함께 문화운동체 건설에 혈안이 되어 있었다. 그해 8월 제주문화운동협의회 창립을 눈앞에 두고 '그날 이후'라는 마당극 공연 준비에 여념이 없었다. 그때 누구의 꼬임에 빠져 찾아왔는지는 모르겠으나 YMCA 연습장으로 그가 찾아왔고, 한 사람의 배우가 아쉬운 터라 그는 전격적으로 캐스팅되는 영광과 함께 한라산에 입산함으로써 길고도 험난한 딴따라의 길을 걷게 된다. '그날 이후' 공연 후 그는 신입회원의 딱지를 떼기가 무섭게 한라산의 괴수 자리에 등극한다.

마당판에서 보여주는 그의 연기 폭은 실로 변화무쌍함 그 자체이다. 어린아이를 패대기치는 잔인하기 그지없는 서북청년 역(4월굿 한라산)을 거쳐 숫붕이 때를 벗고 민중의 알기로 당당히 서는 마을사람 역(꽃놀림)에 이르기까지 그는 이제 자신에게 주어진 배역을 새로이 창조해내는 고단수의 광대이다.

뿐만 아니라 그는 배우로서 만족하지 않고 대본 창작에도 남다른 자질을 보인다. 그와 함께 공동창작을 해본 나로서도 그의 황당무계하리만치 기발한 착상이나 특유의 촌놈기질에서 우러나오는 곰삭은 말솜씨는 여간 맛있지 않다.

그의 또다른 진면목은 마당판 뒤풀이 판에서 적나라하게 드러난다. 초판에는 뒷머리나 북북 긁으면서 밍기적대다가 술기운이 어느 정도 오르면 '이 궁둥이 났다 논을 살거나 밭을 살거나' 하는 기세로 판 가운데로 성큼 나선다. 그는 한번 나서면 웬간해선 들어가려 하지 않는다. 처음에는 비교적 근엄하게 헛기침을 몇 번 하고는 민족해방가5를 부른다. (내가 알기론 이 노래는 무슨 만화영화 주제가다.) 그러다가 아카시아껌을 비롯한 중간광고를 쉬지않고 해대다가 끝판에 가서는 심수봉의 '미워요'를 2절까지 불러야만 직성이 풀린다. (이 노래를 부를 때면 그는 안무를 곁들이는데 그 동작이 가관이다.)

좀 색다른 얘긴데 언젠가 술좌석에서 있었던 일이다. 우리 단체 혹은 가까운 단체의 회원 생일이 있으면 으레 딴따라들은 약방의 감초처럼 한데 어울린다. 누구나 그렇지만 특별한 돈벌이가 없는 축들끼리 모였으니 생일선물은 고시하고 술값 보탤 돈도 없기 마련이다. 그때마다 그는 생일의 주인공에게 바치는 시를 즉석에서 낭송한다. 생일을 미리 알고 준비하지도 않았는데 그의 시는 술좌석의 분위기를 휘어잡는다. 술잔은 그에게로 집중되고 어느덧 술판의 주인공은 그가 되고 만다. 그에게는 이렇듯 가진 것은 없으나 누구나 넉넉하게 함께 할 수 있는 튼튼한 밑천이 있다.

그러던 그에게도 시련이 찾아왔다. 기억하기조차 싫어할지 모르겠지만 용담동 사무실 시절 가을 무렵이었다. 노태우 정권이 전 국민을 대상으로 선전포고한 이른바 '범죄와의 전쟁'에 그를 포함한 서너 명의 범죄 아닌 범죄들이 포로가 되어 한라산 어귀 정실 근처에 발 묶인 신세가 되고 만다. 따지고 보면 그에게는 두 번째 유배생활이었다. 그 첫 번째는 87년 겨울 대선 기간 중에 '타도 민정당' 등을 길거리에 쓰다가 그만 재수없게 잡혀 들어간 적도 있다. 두 번째 유배를 마친 그는 보다 성숙한 모습으로 우리 곁으로 돌아왔다. 자신의 생활에 대한 되돌아봄과 아울러 앞으로의 삶에 대한 내다봄을 그는 그곳에서 준비했으리라. 진정한 광대로서의 삶, 결혼, 생계, 직장, 그는 자신이 이 중 어느 것 하나도 뒤로 미룰 수 없는 만만치 않은 나이에 처해있음을 겸허하게 되돌아본다.

그러던 그가 급기야는 대어를 낚는 데 성공한다. 만수탕 지하 시절, 그는 '섬 하나 산 하나' 노래꾼인 지금 그의 아내를 얻는 횡재를 누린다. 지금도 풀리지 않는 궁금증인데 나는 그가 도대체 무슨 말로 프러포즈 했을까 하는 점이다. 평상시에는 그렇게도 어눌하고 수투름하기만 한 그가 무슨 말재간으로 그녀를 사로잡았을까? 아무튼 그 무렵 연습실에 오면 '섬 하나 산 하나' 방엘 유난히도 들락거렸던 것 같다.

그들의 만남은 한편으론 시와 노래의 만남이기도 했다. 그들의 진한 사랑은 김경훈이 시를 쓰고 그의 아내 박유미가 곡을 붙인 '일어서는 사람들', '한라산 전사의 마지막 노래', '잃어버린 땅을 찾아서' 등의 노래로 지금도 4월이 되면 우리들 곁에서 면면히 되살아나고 있다.

김경훈은 지금 '월간제주' 기자로 일하고 있다. 기자로서 그의 돋보이는 점은 항상 광대정신을 잃지 않고 있다는 점이다. 그가 연재하는 '심방열전' 시리즈는 이 땅에 살고 있는 선배광대들의 삶을 추적하는 작업으로, 이는 자신의 뿌리를 밝혀보려는 힘겨운 자기 확인 과정이면서 동시에 자신의 앞날을 예감하는 소중한 작업이다. 그에게는 지금 아내와 더불어 소중한 딸이 하나 있다. 비록 돈 안 되는 일에만 매달려온 탓에 지금은 고향집에 들어앉아 있지만 나는 그곳이 그가 다시 비상하기 위해 잠시 날개를 움추린 곳에 불과하다고 믿는다.

특히 그는 지난해 '통일문학 통일예술' 창간호를 통해 문학활동의 길도 트고 한 만큼 이제는 어엿한 광대시인으로서 혹은 이 시대의 한과 고통을 마다하지 않고 넉넉히 이고 갈 넓고 큰 그릇임을 확신하면서 김경훈과 박유미의 결혼에 쓴 졸시를 새삼스레 그들에게 바친다.

결혼은 통일

통일문학 통일예술 창간호에
'분부사룀'이란 시를 발표한
한라산 광대시인 경훈이와
통일맞이 노래 한마당에
'입산'이란 노래를 부른
섬하나산하나 유미가
바로 오늘 팔월 초엿새 날
음양합일 이루었다네
꿈에도 소원이던
남녀통일 이루었다네
갈라섬을 딛고
통일세상 껴안았다네

이보게 신부,
이보게 신랑,
이것만은 기억해두게
우리들 모두가 배달겨레 하나이듯
그대들은 애초에 하나였다네
잠깐 동안 아주 잠깐 동안 둘이었다가
이제사 제자리로 돌아왔음을
저 하늘 이 땅이 하나이듯이
분단되기 이전에 하나였듯이
그러니 기억해두게

상호비방은 있을 수 없다네
이런 사찰 저런 사찰 구실 삼아
헐뜯어서도 안 된다네
서로의 가슴에 총을 겨누는
동족상잔은 절대 있을 수 없다네
분단시대의 남과 북처럼
낮이나 밤이나
꿈이나 생시나
죽으나 사나
검은머리 파뿌리 되도록
적극적으로 고무찬양하면서
너로부터 나에게
나로부터 너에게
바람처럼 구름처럼 넘나들면서
넉넉하게 살아야 한다네
살암직이 살아야 한다네
통일시대의 남과 북처럼
안 그런가 신랑?
안 그런가 신부?

'김경훈' 이라는 송곳의 시작

– 부딪히거나 혹은 맞서거나, 어쨌든 지치지 않고

김동현(문학평론가)

1.

　기약 없는 미래를 이야기하는 자들은 믿기 어렵다. 미래로 향해 던지는 예언이 아니라 발밑을 무너뜨리는 몰락의 현재. 섣부른 꿈이 아니라 붕괴 직전의 현실을 외면하지 않고 오늘의 시간을 끝끝내 버텨내는 것. 우리가 세상을 향해 던지는 언어들은 몰락의 현재, 그 폐허의 증거가 되어야 한다. 꿈을 버리자는 말이 아니다. 방관과 허무는 더욱 아니다. 막연한 견딤도 아니다. 꿈은 폐허에서 비롯된다. '지금'을 마주하고 '지금'의 파편으로 빚어내는 '무지개'만이 '내일'을 포기하지 않을 수 있다.

　흙더미 가득한, '오늘'의 잔해에서 우리가 건져야

하는 언어들이란 무엇일까. 몰락의 현재에서 우리는 무너짐의 속도에 매몰되지 않기 위해서라도 무너짐의 태도를 생각해야 한다. 그것은 허물어지는 것들의 윤리이자, 망해가는 자들의 도덕이다. 그것이 우리가 '오늘'에서 끝내 남겨야 하는 목소리들이다. 그렇다. 우리는 잘 망해야 한다.

김경훈의 《운동부족》을 다시 읽으면서 나는, 무너짐의 태도를 생각했다. 무너짐의 마지막 순간까지도, 그 발밑의 파멸을 끝끝내 지켜봐야 하는 이유는 무엇일까. 탈출을 모르는 수인처럼 몰락의 시간에 묶여야 하는 까닭은 무엇인가. 이 난망하지만, 마땅한 질문 앞에서 우리는 무엇을 읽어야 할 것인가.

그의 시들은 몰락의 시간에 스스로를 묶어버렸다. "어둠이 빛을 이기는 시대"에 "이기기 위해서"가 아니라 "사랑하기 위하여", "더 큰 사랑으로 보복하기 위"해서라고 썼던 서른세 살의 시인. 승패가 아니라 오늘의 사랑을 노래했던 그는 "적당히"를 모르는 송곳이 되어갔다.

《운동부족》은 김경훈이라는 송곳의 시작을 보여준다. '운동부족'의 몸을 아프게 찌르는 자성(自省)의 송곳이자, 세상을 찌르는 각성(覺性)의 송곳. 스스로 송곳이 되어, 찍어내듯 써 내려간 시들이다. 그것은 몰락의 순간을 견디며, 폐허가 되어버린 오늘의 잔해에서 건져낸 시들이다. 언어의 뒷면에 스며든 붕괴의 핏자국들이다.

표제작인 '운동부족' 연작은 김경훈이라는 송곳이 무엇을 겨냥했는지를 잘 보여준다. "적당히", "비판당하지 않을 만큼만 적당히 비판"하면서 "적당히 투쟁"하고, "그런 적당한 사회에"서, "적당한 인간으로" 살아가는 현실주의적 태도를 비판하면서('운동부족 2'), 그는 스스로의 "게으름"과 "무기력"과 "패배주의"가 악무한의 세계를 만들어가는 원인임을 말하고 있다. 80년대라는 시간이 만들어낸 '운동부족'에 대한 반성은 단순히 변혁 운동, 사회적 실천 운동에 대한 다짐만이 아니다.

그것은 오늘이라는 시간이 만들어낸 악무한의 모순을 외면하지 않는 대결이다. 오늘이라는 시간에만 매여 있지 않은, 오늘을 뚫고 가는 힘이다. 불가능하지만 반드시 가야만 하는 길의 생산이다. 오늘의 힘으로 내일을 만들어가는, 반드시 던져야 하는 마땅한 질문들이다. 맑스가 이야기했던가. "되돌아오는 사랑을 생산"하지 못한다면 사랑은 차라리 "무력하며 하나의 불행"이라고*. '운동부족'이 현실의 무기력과 대

---

* 정확한 원문은 다음과 같다. "네가 사랑을 하면서도 되돌아오는 사랑을 불러 일으키지 못한다면, 즉 사랑으로서의 너의 사랑이 되돌아오는 사랑을 생산하지 못한다면, 네가 사랑하는 인간으로서의 너의 생활표현을 통해서 너를 사랑받는 인간으로 만들지 못한다면 너의 사랑은 무력하며 하나의 불행이다." 〈1844년의 경체 철학초고〉,《칼맑스 프리드리히 엥겔스 저작선집》 1, 박종철출판사, 1991, 91쪽.

결하는 이유 역시, 사랑을 생산하는 사랑의 힘을 말하고 있기 때문이다.

그의 시선은 발밑을 향한다. 오늘의 폐허를 바라본다. 탑동매립이 한창이었던 90년대, 치열한 싸움의 현장을 살아냈던 그는, "매립된 사랑"에서 "피어나는 폐허"를 확인한다. 이러한 진술은 탑동 매립을 공동체의 붕괴로 상징화하는 것이다. 하지만 이 형용모순의 진술을 이해하기 위해서는 앞부분을 자세히 읽어볼 필요가 있다.

> 어떠한/ 이유에서라도 잠시도/ 운동을 쉬지 않는다
> / 잊지 않는다 부단히 공격하고/ 물러설 때 물러서
> 더라도/ 철저한 확신과 여유로/ 속 좁은 싸움을 하
> 지 않는다
> **- 〈다시 바다에서〉 부분**

김경훈의 시에서 자주 등장하는 운동이 세계와의 대결, 에두르지 않는 정직한 대면을 위한 자성과 각성의 의미라고 할 때 그는 폐허의 현장에서 오늘의 태도를 다짐한다. "미처/아물지 못한 상처를 안고", "한시도 아파하거나/멈추지 않"기 위해 그는 "변한 것 없"는 세상에서 사랑의 매립과 폐허의 생성이라는 형용모순과 만나게 된다. 이러한 태도가 의미하는 바는 무엇일까. 시인으로서의 그의 고민과 시에 대한 그의 태도를 보여주는 '詩'를 읽어보자. 그는 이 작품에서

돈도 되지 않는, 현실에서는 전혀 무용한 시가 무엇이어야 하는가를 스스로에게 되묻는다.

> 식구의 경제가 되지 않는 나의 시는 치열한
> 무기일 수 있는가 썩은
> 가슴 도려내고 새 피를 적시는
> 이 시대의 사랑일 수 있는가
> 바닷속 숭어처럼
> 영어(囹圄)의 그리움으로 파닥이며
> 외치다가 쉰 목소리로 컥컥
> 살아 숨쉬는 비장의 언어로
> 일상의 감동으로
> 황홀한 미래를 예견하는
> 한발 앞선 진실일 수 있는가
> 아름다운 눈물 그대의 기도일 수도 없는
> 나의 詩는
> **- 〈詩〉 부분**

　시는 힘이 없다. 쌀도, 위로도 되지 못한다. "식구의 경제가 되지 않는" 현실 앞에서 그는 자신의 시가 "치열한 무기"가 될 수 있는가를 묻는다. "이 시대의 사랑일 수 있는가"라고 묻는다. 그 사랑은 "썩은/가슴 도려내고 새 피를 적"실 수 있는 힘이다. 진실이자, 눈물이며, 기도이다. 이 질문의 힘으로 그는 시의 길이 무엇인지, 시가 무엇으로 나아가야 하는지를 생각한다. 시가 사랑이 되고 진실이자 눈물이며 기도가 되어야 한다는 의미는 무엇인가. 그것은 운동을 멈추지 않는 사랑의 연속이자 되돌아오는 운동을 생산하는 사랑의 힘을 믿는 것이다. 그 믿음의 태도로 오늘의 붕괴를 목격하며 어제와 내일이 함께 들끓는 오늘을 만드는 일이다. 그 오늘의 함성으로 뜨거워질 여름의 사랑을 생산하는 일이다.

3.

그의 데뷔작인 '분부사룀'은 김경훈이라는 송곳이 어디에서 비롯되었는지를 보여준다.

> (전략)
> 어느 날 어느 시에
> 악독헌 놈덜 더러운 총칼에
> 눈 부릅떠 죽어질 때
> 설운 나 자손들아
> 그때 난 보았져
> 꿈에도 그리던 세상
> 사람 세상
> 이시믄 이신 양
> 어시믄 어신 양
> 오순도순 수눌멍 사는 세상

151

총맞아 죽어가멍도

그 세상을 보아시난 설운 나 자손들아

나의 눈을 감기지 말라

- **〈분부사룀〉 부분**

심방의 입을 빌려 영가는 자신의 "눈을 감기지 말라"고 말한다. 제주에서의 억울한 죽음들은 4·3항쟁만이 아닐 터. 방성칠, 이재수에서 시작하여 4·3에 이르기까지, 제주 땅에서 벌어졌던 수많은 죽음들은, 그 영혼의 육성으로 "꿈에도 그리던 세상"을 보았으니 서러워 말라고 말한다. 그것은 "한라산을 위하여 싸우다 죽"었기 때문이며 "수많은 죽음 끝에", "새 세상"을 보았기 때문이다. 그들이 보았던 "새 세상"이란, 후손들이 지금 살아가는 세상이 아니다. 선후 관계만 따진다면 그들이 죽음을 불사하고 맛본 새 세상이 그들의 후손들이 살아가는 세상이 되어야 한다. 하지만 영가는 "그 세상을 만드는 건 느네가 할 일이여"라고 말한다. "새 세상"은 오늘이 죽음으로 결론나더라도 "새 세상"을 포기하지 않을 때에만 만날 수 있다. "새 세상"은 세상의 미래가 오늘의 질문, 오늘의 운동을 끊임없이 내일로 향해 쏘아 올릴 때 보이는 세상이다. 그렇기에 멈추면 볼 수 없다. 멈추면 만날 수 없다.

우리가 싸워 찾는 게 아니면

그건 해방이 아니여

우리가 싸워 뺏는 게 아니면

그건 자유가 아니여

우리가 싸워 만든 게 아니면

그건 통일이 아니여

설운 나 자손들아

우리가 싸워 이긴 게 아니면

그건 아무것도 아무것도 아니여

설운 나 자손들아 명심허라

느가 있는 그 자리가 바로

우리가 죽어간 자리이고

느가 있는 그 자리가 바로

느네가 싸움을 시작헐 자리여

새날 새벽이 동터올 자리여

알암시냐 설운 나 자손들아

간 날 간 시 모르게 죽어간 영혼 피눈물만 흘렴구나

브롬질 구름질에 떠도는 영신 피눈물만 흘렴구나

- 〈분부사룀〉 부분

"해방"도, "자유"도, "통일"도 싸워서 만들지 않으면 의미가 없다. 어제의 선취가 만들어낸 '세상'이 아니라 오늘의 싸움이 만들어갈 '세상'의 미래. 아직 오지 않은 무지개를 그리기 위해서라도 싸움은 계속되어야 한다. 그 싸움은 단독의 무모함이 아니다. 어제의 싸움으로 오늘을 싸우는 시작이다. 오늘을 싸우기 위해 어제의 싸움에서 흘렸던, 그 처연한 핏자국들과 마주하는 일이다. 그래서 그는 "어떠한/이유에서라도 잠시도/운동을 쉬지 않는다". 멈추지 않기에 어제를 바라보는 그의 시선은 연민의 심연에 매혹되지 않는다. 어제의 실패를 똑똑히 바라보면서 그는 오늘의 폐허를 산다. "미처", "아물지 못한 상처를 안고서도", "한시도 아파하거나", "멈추지 않는", 그 도저한 운동성을 선언할 수 있는 힘이 바로 여기에 있다. ('다시 바다에서')

몰락의 현재에서 그는 무너짐의 속도를 거부한다. 오늘의 싸움에서 그는 잘 벼린 칼날이다. 성큼성큼 두려움을 모르는 직선이다. 승패는 문제가 아니다. "밟히면 밟힐수록/뜨거운 피 차라리 삼키며" 가는 단단한 낙관(樂觀)만이 싸움의 무기이다. ('지렁이') 그 싸움은 상대를 베어 끝내 피를 보는 승부가 아니다. 그의 칼날은 자신을 먼저 겨눈다. 자신을 베어 스스로를 칼날로 만들어버리는 일, 그 칼날의 힘으로 그는 세상과 맞선다. "아무것도 생산해내지 못하는", "자폐의 관념"을 거부하면서 "나로부터의 척결운동"을 다짐하는 것도 이 때문이다.

김경훈은 도망을 모른다. '칠 테면 쳐 봐라', 직구를 포기하지 않는 투수다. 에두르지 않는 응시의 칼날이다. "인간에 의한 인간의 착취가 없는" 세상을 꿈꾸면서 "흔들리지 않게 자신을 채찍질하는" 다짐의 칼날이자, "독의 해독", "똥으로부터의 해방"을 향해 던지는 의지의 투창이다.

4.

김경훈은 시인이자, 마당극 배우이다. 《운동부족》에서는 서사시의 가능성을 타진하는 일련의 작품들도 눈에 띈다. 이야기의 현장성과 힘을 체득했던 그로서는 당연한 시도인지 모른다. '新 해방가'와 '어느 해 봄의 기록'이 대표적이다. '新 해방가'의 민중적 시선이 "싸우리라/싸우리라 엄청난 적의/공세 앞에/오직/목숨 걸고 싸우지 않고는/아무것도 있을 수 없다 이기리라"는 낙관적 전망으로 귀결된다면 '어느 해 봄의 기록'에서는 총체적 역사에 대한 조망을 시도하고 있다.

> 序詩 - 검은 안개의 나라
> 누가 그 맑고 깨끗한 공기에 아편을 뿌려놓았는가
> 두터운 바람으로 회오리쳐 비틀거리게 하고 뒷짐
> 지고 앉아
> 무슨 수작으로 뽐내고 있는가 거대한
> 거대한 침묵은 누구의 한숨과 눈물을 먹고 커가고
> 있는가
> 누구는 뿌리 잃은 심해초 마냥 흘러다니며
> 한 치 앞의 사랑에만 굶주려 있는가 어느 구석에서

제 일에만 바둥대며 머뭇거리고 있는가 누구는
곱고 뜨거운 피 고이 헌혈하며 미친 듯이 삽질하며
퍼내고
있는가 퍼내고 퍼내도 다시 모여들어 안개는 누구의
목을 숨막히게 조르고 있는가 살과 피가 소리없이
마르는
얼어붙은 나라에 추억처럼 눈부신 햇살은 어디에
머물러 있는가
맨몸으로 부대끼며 찬란하게 다가올 태양은
어디에서 어떤 불씨를 키우고 있는가

- 〈어느 해 봄의 기록〉 부분

'어느 해 봄의 기록'은 침묵의 현실과 침묵의 동조를 동시에 겨냥한다. 침묵은 강요된 것만이 아니었다. 스스로 입을 닫아버린 우리의 동조가 침묵의 심연을 만들었다. 침묵은 "검은 안개"처럼 세상을 지배하고 있다. 침묵은 이제 통제 불가능해졌다. 침묵은 "한숨과 눈물"마저 먹어치워 버리는 포식자다. "한 치 앞", "사랑에 굶주"리고, "제 일에만 바둥대며 머뭇거리고 있는" 사이, 침묵은 무한 증식의 세포 분열로 비대해져 갔다. 아무것도 보이지 않는 침묵의 어둠 속에서 그는 "맨몸으로 부대끼며 찬란하게 다가올 태양"의 마중물이 될 작은 "불씨"와 마주하고자 한다.

3월, 4월, 5월. 동학과 3·1운동, 4·19와 5월 광주의 저항을 이야기하면서 그는 침묵과 대결하는 민중의 거대한 힘에 주목한다. 말하지 않으면 기억되지 않을 그 찬란했던 힘들의 함성을 말하면서 그는 "다시 기억"할 것을, "끝내 죽지 않을 변혁의 불씨"로 "찬란한 태양"을 생산할 것을 다짐한다.

"찬란한 태양"은 어떻게 만들어지는가. 막연한 낙관은 태양을 만들 수 없다. 태양의 뜨거움을 견뎌내기 위해서라도 우리는 오늘과 싸울 필요가 있다. 오늘과 싸워 태양과 맞설 수 있는 몸을 만들어야 한다.

오늘은 온통 안개다. 앞이 보이지 않는다. 발밑은 무너지고, 서 있는 자리는 위태롭다. 한 발 내딛지 않으면 추락이다. 발 빠른 자들은 서둘러 자리를 옮긴다. 무너지는 세상 따위는 던져두고 내일로 가자고 재촉한다. 하지만 우리는 안다. 그 섣부른 판단이 우리의 오늘을 마저 무너뜨리라는 것을. 그래서 우리에게 필요한 것은 모든 게 무너져내리는 순간까지 무너짐의 시간을 외면하지 않는 일이다. 어떻게 무너질 것인지, 몰락의 태도를 질문해야 한다. 글을 쓰는 일이란 마땅하지만 모두가 외면하는 단 하나의 질문을 붙드는 것이다. 오늘의 윤리에서 내일의 태양은 타오른다.

어쩌면 미래는 기다리는 자에게 거저 주어지는 시간이 아니다. 내일은 오늘과 싸우는 자의 전리품이다. 김경훈이 말했듯 "봄은 기다리자는 자에게 오지 않고", "겨울과 맞서 싸우는 자에게"만 오는 법이다. 그 싸움의 현장에서 우리는 오늘을 산다.

　서른 해 가까이 되었다. 1993년에 발간된《운동부족》을 건네받은 것이 그해 여름이었다. '1993년 7월 30일. 강남훈으로부터'. 밑줄을 그으면서 읽었던 시간이 아득하다. 몇 번의 이사에도 빛바랜 시집은 책장 한구석을 차지했다. 가까이 있으면서도 새삼스럽다. 언제고 한번은 써야 하는데, 하는 마음의 빚이 컸다. 이유는 하나다. 그 시절 거리를 외면했던 스스로를 반성하며《운동부족》을 읽었다. 그때의 반성으로부터 얼마나 자유로워졌는지는 모르겠다. 어쩌면 그때보다 더 몸은 거리를 멀리하고 있는지 모른다. 하지만 거리의 상상력을, 거리에서, 거리의 힘으로, 거리의 연대로, 밀고 가야 하는 당위는 잊지 않고 있다. 그 시절 운동의 거리란, 결국 오늘을 살아가는 오늘의 상상력이자, 오늘을 외면하지 않는 오늘의 응시일 터. 그렇다면《운동부족》은 다시, 읽을 필요가 있다. 오늘의 몰락을 외면하지 않기 위해서라도. 우리는 여전히 '운동부족'이다. 김경훈이라는 송곳이 있어서 참, 다행이다.

리본시선 2

운동부족

2020년 9월 4일 복간 1쇄 발행

지은이   김경훈
발행인   김영훈
편집인   김지희
디자인   나무늘보, 부건영, 이지은
펴낸곳   한그루
        출판등록 제651-2008-000003호
        제주도 제주시 복지로1길 21
        전화 064 723 7580 전송 064 753 7580
        전자우편 onetreebook@daum.net
        누리방 onetreebook.com

기획   김신숙

진행   시옷
        서점

        제주도 서귀포시 막동산로 19
        https://www.facebook.com/siotbooks

ISBN 979-11-90482-24-0 03810

© 김경훈, 2020

이 도서의 국립중앙도서관 출판예정도서목록(CIP)은
서지정보유통지원시스템 홈페이지(http://seoji.nl.go.kr)와
국가자료공동목록시스템(http://www.nl.go.kr/kolisnet)에서 이용하실 수 있습니다.
(CIP제어번호: CIP2020035230)

값 9,000원